Transforme seu Material Escolar

Laura Torres

Ciranda Cultural

Editora: Eve Marleau
Designer: Lisa Peacock
Fotógrafo: Simon Pask
Execução dos projetos: Dani Hall

© 2010 QED Publishing

© 2011 desta edição:
Ciranda Cultural Editora e Distribuidora Ltda.
Rua Frederico Bacchin Neto, 140 – cj. 06
Parque dos Príncipes – 05396-100
São Paulo – SP – Brasil
Direção geral Clécia Aragão Buchweitz
Coordenação editorial Jarbas C. Cerino
Assistente editorial Elisângela da Silva
Tradução Janaina L. Andreani Higashi
Preparação Michele de Souza Lima
Revisão Adriana de Sousa Lima e Brenda Rosana S. Gomes
Diagramação Evelyn Rodrigues do Prado

1ª Edição
www.cirandacultural.com.br
Todos os direitos reservados. Nenhuma parte desta publicação
pode ser reproduzida, arquivada em sistema de busca ou
transmitida por qualquer meio, seja ele eletrônico, fotocópia,
gravação ou outros, sem prévia autorização do detentor
dos direitos, e não pode circular encadernada ou
encapada de maneira distinta àquela em que foi
publicada, ou sem que as mesmas condições
sejam impostas aos compradores subsequentes.

Sumário

Materiais	4
Ponteira divertida	6
Adesivos personalizados	8
Zíper de mochila personalizado	10
Encapando o caderno	12
Transformando suas canetas	14
Ponteira dos amiguinhos	16
Porta-treco	18
Marcador de livros	20
Livros com capas personalizadas	22
Capa com bolso	24
Minicaderno de anotações	26
Porta-lápis	28
Transformando com estilo	30
Índice	32

Materiais

Lápis simples e capas de livros comuns? Tudo bem! Mas por que não acrescentar um pouco de diversão e criatividade ao seu material escolar? Com alguns itens, você pode transformá-lo em trabalhos de arte únicos.

Se você não tiver exatamente o que precisa para cada projeto, pode improvisar. Por exemplo, se não tiver um jeans velho para a capa de um livro, tente uma camiseta velha com bolso. Seja criativo!

CUIDADO

Nas páginas nas quais vir este símbolo, peça ajuda a um adulto.

Aqui estão alguns dos itens de que você vai precisar para os projetos:

Brilho – Qualquer tipo de brilho serve para os projetos deste livro, do mais sofisticado ao mais simples. Você pode até mesmo usar contas ou microcontas.

Tesoura – Certifique-se de ter uma boa tesoura para recortar materiais como papel, feltro e lã.

Linha para bordar – A linha tradicional é feita de seis ou mais fibras. Também pode ser encontrada em novelos.

Cola – Se um projeto necessita de cola, você pode usar qualquer uma que tiver em casa. A cola branca é padrão, diferente da usada para trabalhos artesanais, que é espessa e não espalha facilmente.

Lembre-se:
Toda vez que for executar um projeto, certifique-se de que a superfície em que irá trabalhar esteja sempre protegida com jornal ou plástico de fácil limpeza.

Ponteira divertida

Acrescente um pouco de diversão às suas canetas e lápis com estas criativas ponteiras.

VOCÊ VAI PRECISAR DE:
- Caneta ou lápis
- Limpador de cachimbo
- Cola
- Olhinhos

1º Passo

Segure o limpador no centro do lápis, num ângulo de 90°, com seu dedão.

2º Passo

Enrole-o bem junto do lápis, uma volta logo depois da outra.

Adesivos personalizados

Você pode transformar qualquer estampa de papel em adesivos. Use-os para decorar seus cadernos e pastas.

VOCÊ VAI PRECISAR DE:
- 1 colher de sopa de vinagre branco
- 2 colheres de sopa de cola branca
- Colheres medidoras
- Copo de plástico
- Colher de plástico
- Pincel
- Figuras
- Tesoura
- Esponja ou pano

1º Passo
Recorte figuras de papéis de presente, revistas ou qualquer outro material que você encontrar.

2º Passo
Coloque o vinagre e a cola no copo. Misture-os com a colher de plástico.

Zíper de mochila personalizado

VOCÊ VAI PRECISAR DE:
- Clipe ou argola de chaveiro
- Linha ou cordão
- Contas pequenas
- Contas com letras
- Tesoura

Personalize sua mochila com este adereço criativo. Você não vai confundir sua mochila com nenhuma outra!

1º Passo

Prenda a linha na argola passando-a por ela e puxando, como mostrado na figura.

2º Passo

Prenda várias partes de linha, depois, passe as contas pequenas por elas.

3º Passo
Passe as contas com letras por uma das linhas, formando seu nome.

4º Passo
Faça nós nas pontas de cada linha para que as contas não escapem.

5º Passo
Prenda o chaveiro ao zíper de sua mochila.

Use suas cores favoritas ou as cores do seu time.

Encapando o caderno

Tenha o caderno mais legal da classe com esta capa original.

VOCÊ VAI PRECISAR DE:
- Fita adesiva colorida (pelo menos duas cores)
- Caderno
- Papel-manteiga
- Caneta ou canetinha
- Tesoura

1º Passo

Cubra o caderno usando tiras da fita adesiva, de forma que uma se sobreponha um pouco sobre a outra.

2º Passo

Corte as tiras um pouco maiores que a capa do caderno e dobre-as para o lado de dentro.

3º Passo

Cole alguns pedaços de fita de diferentes cores sobre o papel-manteiga.

4º Passo

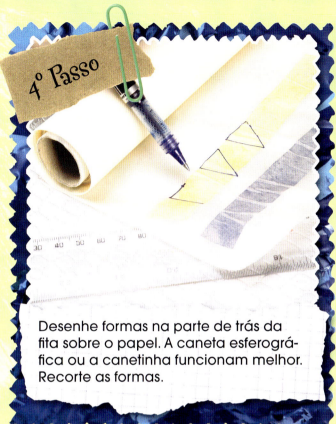

Desenhe formas na parte de trás da fita sobre o papel. A caneta esferográfica ou a canetinha funcionam melhor. Recorte as formas.

5º Passo

Retire o papel-manteiga e cole os novos adesivos em seu caderno.

Por que não dar um toque especial em seus cadernos?

Transformando suas canetas

Dê brilho às suas canetas. Seu estojo vai parecer que pertence a uma estrela do rock!

VOCÊ VAI PRECISAR DE:

- Caneta
- Fita dupla face
- Contas
- Glitter
- Prato
- Tesoura

1º Passo

Corte um pedaço de fita do tamanho do tubo da caneta. Cole-a. Remova a parte de trás.

2º Passo

Corte outro pedaço de fita e cole no outro lado do tubo da caneta. Veja se as pontas da fita se sobrepõem.

Tente combinar a cor das contas com a cor da caneta.

3º Passo

Despeje as contas no prato. Passe a caneta sobre elas. Retire as contas restantes.

4º Passo

Segure a caneta sobre o prato e despeje o glitter sobre ela. O brilho vai cobrir os espaços entre as contas.

Ponteira dos amiguinhos

Crie amiguinhos para fazerem companhia a você enquanto faz sua lição de casa.

VOCÊ VAI PRECISAR DE:
- Conta de madeira pequena
- Linha para bordar
- Dois limpadores de cachimbo
- Caneta

Depois que fizer suas ponteiras, corte os cabelinhos, deixando-os arrepiados, para um visual punk!

1º Passo

Corte em torno de 10 pedaços de linha com 7 centímetros de comprimento, aproximadamente, para fazer o cabelo. Dobre um limpador pela metade no meio das linhas.

2º Passo

Passe o limpador pela conta, de forma que o cabelo saia pela parte de cima.

3º Passo

Torça as pontas do limpador ao redor do lápis. No fim, deixe as pontas sobrando para fazer os braços.

4º Passo

Torça o segundo limpador ao redor do lápis, abaixo dos bracinhos.

5º Passo

Desenhe olhos na conta com uma caneta.

Porta-treco

VOCÊ VAI PRECISAR DE:
- Latinha de balas ou doces, vazia
- Selos ou recortes de revistas
- Tesoura
- Cola branca
- Água
- Copo de plástico
- Pincel

Este é um objeto útil, no qual você pode guardar peças como clipes, elásticos, moedas e outros pequenos itens, e colocar na mochila para levar a todos os lugares.

 Você pode usar sua caixa para guardar lembrancinhas também.

1º Passo

Lave e seque sua latinha.

2º Passo

Recorte figuras suficientes para cobrir a tampa da caixa.

3º Passo

Misture 1 colher de sopa de cola branca com 1 colher de sopa de água num copo de plástico. Passe uma camada da mistura sobre a tampa.

4º Passo

Coloque as figuras sobre a mistura de cola, sobrepondo-as, de forma que toda a tampa fique coberta.

5º Passo

Passe outra camada de cola sobre as imagens e deixe secar. Recorte um pedaço de papel colorido para forrar o fundo da lata.

Marcador de livros

VOCÊ VAI PRECISAR DE:
- Clipe grande
- Cordão ou fita
- Botões
- Tesoura

Estes enormes marcadores de livros vão arrasar, e não cairão de dentro do livro.

➡ Faça e dê como presente para seus amigos.

1º Passo

Corte um pedaço de fita com aproximadamente 50 centímetros de comprimento.

2º Passo

Passe a fita pelo clipe de um lado, depois passe a outra ponta pelo lado oposto.

3º Passo

Puxe as duas extremidades pelo clipe para a fita ficar presa.

4º Passo

Cole alguns botões nas pontas da fita. Deixe secar.

5º Passo

Prenda seu marcador em uma das páginas de seu livro.

Livros com capas personalizadas

VOCÊ VAI PRECISAR DE:
- Papel pardo
- Lápis
- Lápis de cor
- Tesoura

Proteja seus livros e expresse seu estilo com capas personalizadas. Você pode usar todo tipo de papel, como o de embrulho ou papel pardo.

1º Passo

Abra o papel sobre uma mesa. Abra o livro sobre o papel.

Você pode desenhar peixes coloridos e flores na sua capa.

2º Passo

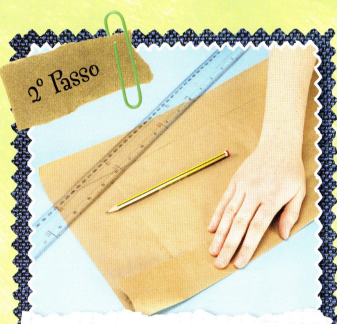

Corte o papel em volta do livro com folga de 5 centímetros em cima e embaixo e, aproximadamente, 12 centímetros nos lados.

3º Passo

Faça uma marca com o lápis sobre o papel em cima e embaixo. Retire o livro e dobre o papel nas marcas.

4º Passo

Coloque o livro a mais ou menos 8 centímetros da extremidade direita do papel. Dobre a margem esquerda formando uma aba.

5º Passo

Abra o livro e passe a capa por dentro da aba. Faça alguns desenhos.

Capa com bolso

VOCÊ VAI PRECISAR DE:
- Jeans velho
- Lápis
- Caderno
- Cola
- Papel-manteiga
- Tesoura

Use o bolso de um jeans velho para guardar canetas, lápis e borrachas na capa de seu caderno.

Acrescente botões para enfeitar a sua capa jeans.

1º Passo

Corte a perna de um jeans. Traceje a capa do caderno no lado certo do tecido.

2º Passo

Cole o tecido no caderno. Deixe secar.

3º Passo

Corte um bolso. Atente-se para cortar todo o bolso, mantendo o tecido da parte de trás.

4º Passo

Coloque um pedaço de papel-manteiga no bolso. Passe cola por toda a parte de trás do bolso. Pressione. Deixe secar.

5º Passo

Quando a cola estiver seca, retire o papel. Você pode colar adesivos para personalizar ainda mais a sua capa.

Minicaderno de anotações

Estes caderninhos são perfeitos para levar no bolso. Você pode fazer anotações ou mandar recados para seus amigos.

VOCÊ VAI PRECISAR DE:
- Cartolina
- Papel
- Tesoura
- Régua
- Grampeador
- Figuras para decorar

1º Passo

Corte um pedaço de cartolina de 7 cm x 21 cm. Com o lado de dentro para cima, faça uma dobra de 2,5 centímetros na parte de baixo e dobre mais uma vez.

2º Passo

Dobre a sobra oposta, para que a parte de baixo fique no centro da dobra.

3º Passo

Corte mais 12 pedaços de papel de 6 cm x 7 cm.

4º Passo

Empilhe os papéis e coloque-os dentro da dobra. Grampeie-os, aproximadamente 1 centímetro acima da dobra. Dobre a outra parte para fazer uma capa.

5º Passo

Cole uma figura na capa de seu caderninho de anotações, para decorar.

Você pode desenhar suas próprias imagens para colar na capa.

Porta-lápis

VOCÊ VAI PRECISAR DE:
- Papel de bala
- Cola
- Caixa de suco vazia
- Fita adesiva transparente
- Feltro ou papelão
- Tesoura

Use papel de bala para fazer este porta-lápis.

1º Passo

Limpe a caixa de suco e seque completamente. Corte a parte de cima.

28

2º Passo

Cole os papéis de bala na caixa, sobrepondo-os, até deixar toda a caixa coberta. Deixe secar completamente.

3º Passo

Use tiras de fita para colar os papéis em volta da caixa.

4º Passo

Corte um pedaço de papelão do tamanho do fundo da caixa e cole-o na parte de dentro.

Use papéis de bala diferentes para um visual colorido.

29

Transformando com estilo

Você pode usar material reciclado de casa para fazer alguns dos projetos. Aqui estão algumas ideias.

Página 8

Adesivos personalizados

Fique atento para imagens que você pode transformar em adesivos. Papel de presente, páginas de revistas, entre outros, merecem a sua atenção.

Página 12

Encapando o caderno

Se você tiver um caderno velho, pode arrancar as páginas usadas. Não importa o que tiver na capa, pois será coberta com fita.

Página 18

Porta-treco

Recorte os selos das cartas que chegam à sua casa para decorar sua latinha.

Página 22

Livros com capas personalizadas

Guarde o papel de presente que sobrou de uma festa de aniversário ou papel pardo para fazer essas lindas capas.

Página 24

Capa com bolso

Você pode conseguir o tecido e o bolso para fazer sua capa de algum jeans velho ou que esteja pequeno para você.

Página 26

Minicaderno de anotações

Para fazer as páginas de seu caderninho, use papel de presente, para dar um visual divertido.

Página 28

Porta-lápis

Peça aos seus amigos para guardarem papéis de bala para você, assim, conseguirá completar sua caixinha mais rápido.

Índice

Adesivos 3, 8-9, 13, 30
Adesivos personalizados 3, 8-9, 30

Botões 20, 24
Brilho 5, 9, 15

Cadernos, decorar 9
Canetas, transformando 14-15
Capas 22-23, 30-31
Capa com bolso 3, 24, 31
Capas para cadernos 12, 24
Capas para livros 4
Cola 5, 6, 8, 18-19, 24-25, 28
Contas 10-11, 14-15, 16-17

Encapando o caderno 3, 12, 30

Fita 12-13, 14-15, 20-21, 28-29

Improvisar 4

Jeans 4, 24, 31

Limpador de cachimbo 6-7, 16-17
Limpeza 5
Linha para bordar 5, 16

Materiais reciclados 30

Marcador de livros 3, 20-21
Minicaderno de anotações 3, 26-27, 31

Olhinhos 6-7

Papéis de bala 28-29, 31
Papel de presente 8, 30, 31

Ponteira 3, 6, 16
Porta-treco 18-19, 30
Porta-lápis 28-29, 31

Revistas 8, 30

Selos 30

Tesoura 5, 10, 12, 14, 18, 20, 22, 24, 26, 28

Transformando suas canetas 14

Zíper para mochila 10-11